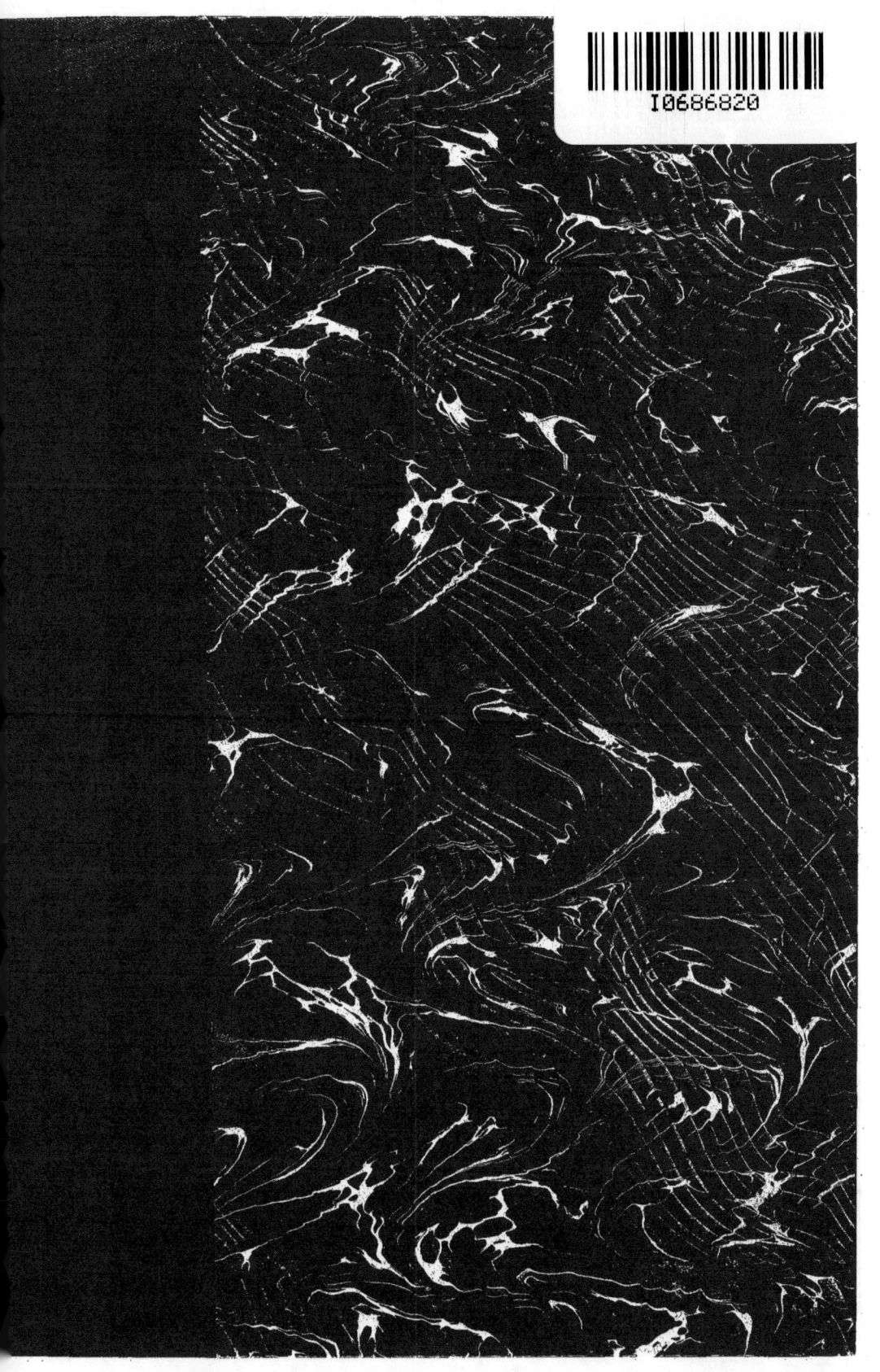

LETTRE

SUR LES

TOURS ANTIQUES

Qu'on a démolies à Aix en Provence , & fur
les ANTIQUITÉS qu'elles renfermoient.

PAR Mr. A. E. GIBELIN,

Peintre d'Hiſtoire , Membre honoraire de l'Académie
Royale des beaux Arts de Parme.

A AIX,

Chez B. GIBELIN-DAVID , & T. EMERIC-DAVID,
Avocats, Imprimeurs du Roi & de la Ville.

M. DCC. LXXXVII.

LETTRE

A MONSIEUR B. de F.

SUR les Tours antiques qu'on a démolies à Aix en Provence , & sur les antiquités qu'elles renfermoient.

MONSIEUR ET TRÈS-CHER AMI,

C'EST avec chagrin , je vous l'avoue , que j'ai appris la destruction des Tours du Palais d'Aix. Si la ville de Sextius n'étoit devenue tout-à-fait indifférente sur ses anciens monumens , elle les auroit précieusement conservées ; mais , le croira-t-on , la principale de ces Tours majestueuses , ce Tombeau superbe restoit caché dans des murailles ; & s'il a reparu un instant , dégagé de ce qui déroboit à la vue l'élégance de sa forme , ce n'a été que pour s'écrouler aussitôt sous les efforts qui l'ont enfin anéanti.

RECUEILLONS cependant de ces monumens tout ce qui peut passer à la postérité & intéresser les perfonnes inftruites. Permettez - moi , MONSIEUR , de vous communiquer , comme à un de mes plus chers amis , les réflexions que mes études fur les Coftumes, néceffaires à ma profeffion , m'ont mis à portée de faire fur les différens objets trouvés fucceffivement pendant la démolition , & principalement fur la boëte d'or qui renfermoit des cendres de différentes cou-leurs.

ON ne fauroit douter que le Maufolée appellé com-munément la grande Tour du Palais d'Aix , n'ait été conftruit dans le tems du fecond Confulat de Lucius Ælius Verus , c'eft-à-dire , environ vers l'an 136 de notre ère ; puifque dans l'*Arca lapidea* , efpece d'auge de pierre qu'on a trouvée au bas de la Tour, il y avoit, parmi d'autres objets très-intéreffants, une mé-daille de ce Prince (1) , qui mourut à Rome d'un vo-miffement de fang l'an 138 , & dont les cendres fu-rent placées dans le tombeau d'Adrien (2) : cette mé-daille ne fut donc mife là que pour déterminer l'épo-que , & il paroît prouvé que le premier enfeveli (3) dans notre Maufolée étoit un enfant au-deffous de l'âge de dix-fept ans (4).

---

(1) Ælii Spartiani Ælius Verus.

(2) C'eft le *Mole d'Adrien* , maintenant *Château St. Ange* à Rome.

(3) Je me fers du terme *enfevelir* , parce que c'eft celui qui rend le mieux le *fepelire* qui fe difoit auffi à l'égard des corps qu'on brûloit.

(4) On en verra bientôt la preuve.

LE caractere des ordres , ainsi que l'ensemble de l'architecture , répond parfaitement à l'état où étoient les beaux Arts dans tout l'Empire au tems d'Adrien. On sait que cet Empereur (1) , Artiste lui-même , fit rétablir une quantité d'édifices publics , & qu'il renouvella l'ancienne splendeur de la Grece. Le regne de Trajan son prédécesseur est cité comme le second âge du bon goût chez les Romains.

Fig. I.

EN démolissant le massif formé de décombres , on découvrit d'abord une urne de marbre blanc contenant des ossemens embaumés ; elle étoit enchassée dans deux pierres cramponées de deux morceaux de fer.

Fig. III.

UN peu plus bas fut trouvée une seconde urne de marbre blanc , entourée de charbons , parmi lesquels on découvrit une petite médaille de bronze , de la ville de Marseille. Cette urne contenoit des os brûlés. Enfin tout au plus bas de la Tour , dans une espece d'auge quarrée , *pila, arca lapidea ,* dont le couvercle étoit plombé & fixé par quatre crampons de fer , on trouva une urne de porphire , une émeraude enchassée dans un anneau d'or , un autre anneau d'or avec une agathe-onix , une médaille d'argent presque entierement effacée , une médaille de grand bronze d'Ælius Verus , & une boëte d'or contenant des cendres de différentes couleurs , qu'on suppose être celles d'un cœur.

Fig. IV.

Fig. V.

(1) Voyez Pausanias , & Ælii Spartiani Adrianus Cæsar.

Il eſt difficile de dire quelque choſe de précis ſur les deux premieres urnes. Aucune inſcription ne nous apprend à qui ſont les oſſemens qu'elles renferment ; mais les objets trouvés dans l'*arca lapidea* doivent nous aider à former quelques conjectures vraiſemblables.

Si vous avez jetté les yeux ſur la boëte d'or , vous n'aurez pas eu de peine à reconnoître la *bulla aurea* que les fils des Patriciens Romains portoient pendue au cou , dans les premiers tems , comme une marque diſtinctive de leur nobleſſe , & que porterent enſuite tous les *Ingenui.*

Plusieurs Auteurs modernes ont parlé de cet ornement. Spon , La Chauſſe , Montfaucon , &c. en ont donné des figures. Celle que Montfaucon (1) rapporte comme poſſédée par les Princes Chiggi , & publiée par La Chauſſe , eſt , à peu de différence près , de la même forme que la nôtre. Pancirollus , Nieupoort , Roſinus , Alexander ab Alexandro , Zimmermann & pluſieurs Commentateurs , en expliquant cet uſage , citent preſque tous les mêmes Auteurs anciens , tels que Aſconius Pedianus , Pline , Perſe , Juvenal , & ſurtout Macrobe , qui en traite le plus au long ; mais comme il eſt très-difficile de ſaiſir au juſte le ſens de ces Auteurs , principalement dans les matieres obſcures , il n'eſt pas étonnant qu'on ne trouve

Fig VI.

---

(1) Tom. III. premiere partie ou vol. V.

pas les modernes bien d'accord entr'eux. Pancirollus (1) & son Commentateur ont avancé que la bulle
étoit d'or & quelquefois d'argent ; on n'en connoît
cependant qu'en or : ils auroient dû citer leurs autorités. Alexander ab Alexandro (2), Farnabius (3),
&c. &c. ont cru que la *bulla* avoit la forme d'un
cœur ; ils se sont trompés en ce qu'ils ont mal in-
terprété le passage de Macrobe (4) : *Nonnulli credunt
ingenuis pueris attributum , ut cordis figuram in bullâ antè
pectus annecterent.*

Il ne falloit pas entendre que la bulle elle-même
seroit de la forme d'un cœur, mais qu'on mettroit la
forme d'un cœur sur la bulle ou dans la bulle, *in bullâ* ,   Fig. VII.
qui n'en resteroit pas moins ronde. Car, dit Zimmer-
mann (5), *bullæ generaliter dicebantur omnia ornamenta
aurea , vel argentea , orbicularia & instar bullarum in
aquâ excitatarum inflatâ :* ce qui est prouvé par plusieurs passages de Virgile , de Claudien , d'Ausone ,
d'Ovide , &c. où le mot *bulla* est employé pour expri-
mer les clous , broderies & sculptures , de forme ronde,
dont les baudriers sont ornés (6). C'est pourquoi bien

---

(1) Rerum memorabilium, tit. XLIII. de habit. & vestim. veterum;
& comment.

(2) Genial. dier. lib. II. cap. XXV.

(3) Annot. in persii. Sat. Sat. V. vers. 31.

(4) Saturn. lib. I. cap. VI.

(5) Florilegium philologico-histor. in voce (bullæ puerorum).

(6) Zimmermann , Florileg. Philolog. in voce (Balthei).

loin de mettre au rang des bulles ces autres orne-
Fig. VIII. mens du cou qui ont la forme d'un cœur, fur lef-
quels on trouve quelquefois repréfenté ce que Varron
nomme *res turpicula*, je n'héfite pas de les placer
parmi les amulettes ordinaires, dont l'ufage étoit libre
& n'annonçoit aucune diftinction de rang (1). Je ne
nie pourtant pas que la *bulla* ne foit elle-même une
forte d'amulette, de vafe, de boëte où l'on mettoit
des compofitions contre l'envie & les fortileges, *re-*
media adverfus invidiam & omnia veneficia, ἀλεξίκακον;
mais je dis qu'elle n'a fervi de marque diftinctive que
par fa forme ronde & par fa matiere, ce qui n'auroit pu avoir lieu fi elle eût eu la forme d'un cœur,
comme la plûpart des amulettes ordinaires faites de
Fig. IX. toutes fortes de matieres, & dont l'ufage étoit
commun.

EXAMINONS maintenant les paffages des anciens
Auteurs, & fondons une opinion folide & précife.
Afconius Pedianus, Grammairien, Commentateur de Ci-
ceron, eft le premier; il vivoit au tems d'Augufte :
voici fa remarque fur un paffage *in Verrem, de Prœturâ*
urbis : » *Simul cum prœtextâ, etiam bulla fufpendi in*
» *collo infantibus ingenuis folet aurea, libertinis fcortea,*
» *quafi*

---

(1) On trouve à Rome une quantité de ces amuletes en forme
de cœur ; j'en ai poffédé plufieurs de différentes pierres précieufes.

» *quaſi bullientis aquæ ſinus communiens , pectuſque pue-*
» *rile ;* avec la prétexte on a coutume de ſuſpendre
» au cou des garçons nés d'hommes libres , la bulle
» d'or , à celui des fils d'affranchis la bulle de cuir ,
» faites à l'imitation des globules de l'eau en ébul-
» lition ; & c'eſt la ſauve-garde , ainſi que l'orne-
» ment de leur ſein enfantin.

ASCONIUS Pedianus écrit ce qu'il voit. Il eſt le ſeul
qui parle clairement de la *bulla ſcortea ;* car Pline qui
vient après lui n'annonce qu'une bande de cuir (1) :
Sed à Priſco Tarquinio , omnium primò filium , cùm in
prætextæ annis occidiſſet hoſtem , bullâ aureâ donatum
conſtat ; indè mos bullæ duravit , ut eorum qui equo
meruiſſent filii inſigne hoc haberent , cæteri lorum. « Il
» eſt hors de doute que le vieux Tarquin donna pour
» la premiere fois la bulle d'or à ſon fils , qui dans
» l'âge de la prétexte avoit tué un ennemi. De là
» l'uſage de la bulle s'eſt conſervé ; de ſorte que les
» fils de ceux qui avoient obtenu le rang de Che-
» valier eurent auſſi le droit de porter cette diſtinc-
» tion , les autres une bande de cuir «. La bande de
cuir eſt miſe ici à la place de la bulle de cuir , *bulla*
ſcortea , laquelle ne ſera plus indiquée par les Auteurs ſuivans.

PERSE nous apprend , que le jour de la priſe

_____

(1) Lib. XXXIII. cap. 1.

de la toge virile , on suspendoit la bulle aux Dieux
Lares.

(1) *Bullaque succinctis laribus donata pependit.*

JUVENAL dit :

(2) .... *Etruscum puero si contigit aurum ,*
Vel nodus tantùm & signum de paupere loro.

» SOIT qu'étant enfant il ait porté l'or étrusque ,
» ou un nœud seulement , & le signe de la pauvre
» bande de cuir.

VOILA déja Juvenal d'accord avec Pline pour la
bande de cuir , *lorum.* Quant à l'*etruscum aurum* , Macrobe va nous l'expliquer (3) : » Tullus Hostilius ,
» fils d'Hostus , troisieme Roi des Romains , après
» avoir vaincu les Etrusques , institua le premier qu'on
» se serviroit à Rome de la chaire curule , des lic-
» teurs , de la toge peinte , & de la prétexte (4) ,
» qui étoient les marques de distinction des Magistrats

TULLUS Hostilius , Hosti filius , Rex Romanorum ter-
tius , debellatis etruscis , sellam curulem , lictoresque & to-
gam pictam , atque prætextam , quæ insignia Magistratuum
etruscorum erant , primus , ut Romæ haberentur instituit.

(1) Sat. V. vers. 31.
(2) Sat. V. vers. 164.
(3) Saturnal. lib. 1. cap. VI.
(4) La prétexte ou toge prétexte étoit bordée de pourpre.

» étrufques. Mais dans ce tems - là les enfans ne por-
» toient point la prétexte ; elle marquoit , ainfi que
» tout ce que je viens de nommer , une diftinction
» honorable. Dans la fuite Tarquin l'ancien , que quel-
» ques-uns appellent Lucumon , fils de Démarate Co-
» rinthien exilé , troifieme Roi depuis Hoftilius , &
» le cinquieme depuis Romulus , triompha des Sa-
» bins. Dans cette guerre , il loua publiquement fon
» fils , parce qu'âgé de quatorze ans , il avoit frappé
» de fa main & tué un ennemi. Il lui donna la bulle
» d'or & la prétexte , illuftrant cet enfant valeureux
» au-deffus de fon âge , par les récompenfes de la
» virilité & de l'honneur. Car ainfi que la prétexte
» étoit portée par les Magiftrats , la *bulla* l'étoit
» par les Triomphateurs. Ils la mettoient le jour de
» leur triomphe devant la poitrine , après l'avoir rem-

Sed prætextam illo feculo puerilis non ufurpabat ætas.
Erat enim , ut cætera quæ enumeravi , honoris habitus. Sed
poftéà Tarquinius , Demarati exfulis Corinthii filius , Prif-
cus , quem quidam Lucumonem vocitatum ferunt , Rex
tertius ab Hoftilio , quintus à Romulo , de Sabinis egit
triumphum ; quo bello , filium fuum annos quatuordecim
natum , quòd hoftem manu percufferat , & pro concione
laudavit , & bullâ aureâ prætextâque donavit ; infigniens
puerum ultrà annos fortem præmiis virilitatis & honoris.
Nam ficut prætexta Magiftratuum , ita bulla geftamen
erat triumphantium , quam in triumpho præ fe gerebant ,
inclufis intrà eam remediis quæ crederent adverfùs invi-

» plie de remedes qu'ils croyoient les plus puiſſants
» contre l'envie. C'eſt de là que vint la coutume d'*u-*
» *ſurper*, pour les enfans des Nobles, l'uſage de la
» prétexte & de la *bulla*, comme un bon augure, &
» un deſir de leur communiquer la même valeur que
» montra celui qui, pour la premiere fois, obtint ces
» diſtinctions. D'autres penſent que le même Tarquin,
» réglant en Prince éclairé les différens états des Ci-
» toyens, s'étoit ſur-tout attaché au vêtement des
» garçons nés libres, & qu'il avoit établi que l'u-
» ſage de la bulle d'or & de la toge bordée de pour-
» pre, ſeroit attribué à ceux des Patriciens dont les
» peres auroient exercé une Magiſtrature à chaire cu-
» rule. Il accorda ſeulement la prétexte aux autres,
» juſqu'à ceux dont les peres auroient obtenu le cheval
» & les émolumens publics. Quant aux fils d'affranchis,
» il ne leur étoit nullement permis de porter la pré-

*diam valentiſſima. Hinc deductus mos ut prætexta & bulla
in uſum puerorum nobilium uſurparentur ; ad omen &
vota conciliandæ virtutis ei ſimilis, cui in primis annis munera iſta ceſſerunt. Alii putant eundem Priſcum,
cum is ſtatum civium ſolertiâ providi Principis ordinaret,
cultum quoque ingenuorum puerorum inter præcipua duxiſſe ;
inſtituiſſeque ut Patricii bullâ aureâ cum togâ cui purpura
prætexitur, uterentur, duntaxat illi quorum patres curulem geſſerant Magiſtratum : Cæteris autem ut prætextâ
tantùm uterentur indultum ; ſed uſque ad eos quorum pa-
rentes equo ſtipendia juſta meruiſſent. Libertinis verò nullo*

» texte , & encore moins aux étrangers qui n'avoient
» aucune liaifon avec les Romains. Mais dans la fuite
» l'ufage en fut accordé aux fils d'affranchis. L'oc-
» cafion en eft rapportée par M. Lelius , Augure , qui
» dit que dans le tems de la feconde guerre pu-
» nique , à caufe de plufieurs prodiges , les Duumvirs
» avoient confulté , par ordre du Sénat , les Livres
» fibyllins ; qu'après les avoir examinés , ils avoient
» déclaré qu'il falloit faire des fupplications dans le
» Capitole & un *lectifternium* (1) , dont les frais fe-
» roient contribués de maniere que les affranchies ou
» filles d'affranchis qui avoient le droit de porter l'ha-
» bit long , fourniroient auffi leur contingent. On fit
» donc une obfécration ; les garçons nés d'hommes
» libres , ainfi que les fils d'affranchis & les vierges

---

jure uti prætextis licebat ; ac multò minùs peregrinis ;
quibus nulla effet cum Romanis neceffitudo.. Sed poßeà
libertinorum quoque filiis prætexta conceffa eß , ex caufâ
tali , quam M. Lœlius , Augur , refert , qui bello punico
fecundo Duumviros dicit ex Senatûs-Confulto , propter
multa prodigia , libros fibyllinos adiffe ; & infpectis his
nunciaffe in Capitolio fupplicandum , lectifterniumque col-
latâ ßipe faciendum , ita ut libertinæ quoque , quæ longâ
veße uterentur , in eam rem pecuniam fubminißrarent.

---

(1) Repas donné aux dieux. On couchoit mollement leurs ßatues
fur des lits , devant une table fomptueufement fervie , comme fi elles
euffent dû manger véritablement.

» dont les peres & meres vivoient, prononcerent l'hym-
» ne ; en faveur de quoi il fut accordé aux fils d'affran-
» chis , pourvu qu'ils fussent nés d'une mere de fa-
» mille vraiment libre , de porter la toge prétexte
» & une bande de cuir au cou à la place de l'orne-
» ment de la *bulla*......

     » CEUX qui font le plus inftruits dans l'Antiquité ra-
» content que dans l'enlévement des Sabines, une femme
» nommée Herfilie , fut ravie avec fa fille qu'elle te-
» noit embraffée ; que Romulus l'ayant donnée à un
» certain Hoftus , homme remarquable par fon cou-
» rage , qui des campagnes latines s'étoit réfugié dans
» fon afyle , elle avoit eu un fils avant qu'aucune
» autre Sabine eût accouché ; que cet enfant ap-
» pellé Hoftus Hoftilius par fa mere , parce qu'il
» étoit né le premier chez les ennemis , reçut la bulle

---

*Acta igitur obfecratio eft , pueris ingenuis , itemque liber-
tinis , fed & virginibus patrimis matrimifque pronuncianti-
bus carmen : Ex quo conceffum ut libertinorum quoque
filii , qui ex juftâ duntaxat matre familiâs nati fuiffent ,
togam prætextam & lorum in collo PRO BULLÆ DECORE
geftarent.......*

*VETUSTATIS peritiffimi referunt , in raptu Sabinarum ,
unam mulierum , nomine Herfiliam , dùm adhæreret filiæ ,
fimul raptam : quam cùm Romulus Hofto cuidam ex
agro latino , qui in afylum ejus confugerat , virtute
confpicuo , uxorem dediffet , natum ex eâ puerum ante-
quàm alia ulla Sabinarum partum ederet ; eumque , quòd*

» d'or de Romulus, qui l'honora auffi des diftinctions
» de la prétexte ; car lorfque Romulus avoit convoqué
» les Sabines pour les confoler, il leur avoit pro-
» mis de faire un beau préfent à l'enfant de celle qui
» accoucheroit la premiere d'un Citoyen romain. Quel-
» ques-uns croient qu'il fut accordé aux garçons nés
» d'hommes libres de placer la figure d'un cœur dans
» la *bulla* devant la poitrine, afin qu'en le regardant,
» ils fe reffouvinffent qu'ils ne feroient vraiment hom-
» mes que par les belles qualités du cœur ; & que
» la toge prétexte y fut ajoutée, afin que la rou-
» geur de la pourpre (1), ainfi que la pudeur de leur
» ingénuité les dirigeât «.

VOILA dans ces paffages bien des contradictions qui

primus effet in Hoftico procreatus, Hoftum Hoftilium à
matre vocitatum, & eundem à Romulo bullâ aureâ ac
prætextæ infignibus honoratum. Is enim cùm raptas ad
confolandum vocaffet, fpopondiffe fertur, fe ejus infanti
quæ prima fibi civem Romanum effet enixa, illuftre mu-
nus daturum. Nonnulli credunt ingenuis pueris attribu-
tum, ut cordis figuram in bullâ antè pectus anneckerent ;
quam infpicientes, ita demùm fe homines cogitarent, fi corde
præftarent : togamque prætextam his additam, ut ex pur-
puræ rubore ingenuitatis pudore regerentur.

(1) Qui bordoit la prétexte. Il fait allufion à la *verecondia* dont la
rougeur eft le figne.

paroiſſent difficiles à expliquer. Si Romulus a donné
la bulle d'or & la prétexte au premier né Citoyen romain , il n'eſt donc pas vrai que ce ſoit Tarquin l'ancien qui en ait le premier honoré le courage de ſon
jeune fils.

SI les enfans nés des Patriciens qui avoient exercé
une Magiſtrature curule , avoient ſeuls le droit de
porter la bulle d'or , pourquoi Macrobe dit-il , qu'en
accordant la prétexte aux fils d'affranchis , on leur
avoit donné le *lorum* (bande de cuir) *à la place* de
la *bulla* , *pro bullæ decore* , tandis que l'état intermédiaire n'avoit que le droit de la prétexte ſeulement ?
Et enfin , comment ſe fait-il qu'Aſconius Pedianus ait
parlé ſeul de la *bulla* de cuir , *ſcortea* , que Pline ,
Juvenal , & enſuite Macrobe , ſemblent poſitivement
exclure ?

JE n'entreprendrai pas d'accorder enſemble ces autorités reſpeĉtables ; je me contenterai d'obſerver que
Pline & Macrobe parlent de tems très-anciens ; qu'Aſconius Pedianus rapporte ce qu'il voit , & qu'il ſe peut
que de ſon tems on eût donné au *lorum* la forme de
la *bulla.*

JUVENAL , qui lui eſt poſtérieur , n'a pas parlé aſſez
clairement pour qu'on puiſſe dire qu'il eſt en contra-
diĉtion avec lui ; car le *ſignum de paupere loro* peut
avoir été rond & de la forme d'une *bulla.*

APPUYÉ d'Aſconius Pedianus , je dirai que probablement l'inſtitution du vieux Tarquin , de n'accorder que
la prétexte à l'état intermédiaire , ne dura que quelque
tems ,

tems , & que dans la fuite tous les *Ingenui* (1) porterent la bulle d'or.

Nous devons donc conclure à l'infpection de la
nôtre , que les reftes qu'on a trouvés font ceux d'un
jeune Patricien ou du moins *Ingenuus* romain au-deffous
de l'âge de dix-fept ans (2) ; & fi la magnificence du
maufolée , le petit nombre des fépultures , l'ordre
dans lequel on les a trouvées , peuvent nous auto-
rifer à établir quelque opinion , c'eft celle-ci : qu'un
grand Perfonnage romain , foit Gouverneur , foit Préfet ,
foit (3) Préfident de la Province , ayant perdu fon
fils encore enfant , lui fit élever ce fuperbe tombeau,
& qu'étant mort lui-même avant ou après fa femme ,
leurs cendres furent placées fucceffivement dans la Tour ,
dont on combla l'intérieur à mefure.

Il s'éleve une difficulté : Nous venons de voir dans
Macrobe que *ficut prætexta magiftratuum , ita bulla geftamen erat triumphantium ;* donc cette *bulla* peut être
celle d'un Triomphateur : Et cette objection paroît
d'autant plus forte , qu'elle eft appuyée du fentiment de

----

(1) *Ingenuus* eft celui dont le pere n'a point été efclave.

(2) Les Auteurs varient fur l'âge où les enfans quittoient la toge
prétexte pour prendre la toge virile ; cependant on peut affurer que
c'étoit à l'âge de puberté , de quatorze à dix-fept ans.

(3) Je dis *Préfident* d'après M. de Manjadors , Hift. crit. de la Gaule
narbonnoife , pag. 412 , » Augufte ayant cédé la Narbonnoife au peu-
» ple , on nomma des Préfidens pour la gouverner.

C

Montfaucon fur la bulle d'or de *Chiggi* ; nous l'a-
vons citée comme à peu près femblable à la nôtre ;
il prétend prouver par fa grandeur , qu'il n'eft pas
poffible qu'un enfant l'ait portée , & que par conféquent
elle eft celle d'un Triomphateur. Deux réponfes dé-
truiront abfolument cette objection : 1°. Montfaucon
n'a probablement pas vu la *bulla* de *Chiggi* , puifqu'il
l'a donnée d'après La Chauffe ; & fa conjecture eft
fauffe , fi la *bulla* dont il raifonne eft auffi mince que
la nôtre qui l'eft tant , & fi légere que l'enfant le
plus foible n'en feroit point furchargé. 2°. Suivant
l'ufage d'enfevelir les morts avec leurs marques de diftinction (1) , un Triomphateur devroit avoir , outre la
bulle d'or (2) , un fceptre d'ivoire , un anneau de fer,
une toge brodée en or , une couronne , &c. , & on n'a
rien découvert de femblable : d'ailleurs , fi , comme il
ne faut pas en douter , l'indication du tems donnée par
la médaille d'Ælius Verus eft vraie , notre *bulla* ne peut
être celle d'un Triomphateur : on fait que fous les Empereurs , il n'y a plus eu d'autres Triomphateurs que
les Empereurs eux-mêmes (3).

CE qui prouve encore victorieufement que les cendres contenues dans le vafe de porphyre font celles d'un
enfant , c'eft que les deux anneaux d'or ne peuvent aller

_____

(1) Kirmannus , De funer. Rom. lib. III. cap. VIII.
(2) *Vid.* Jul. Cæf. buleng. Comment. de triumpho , cap. XXII.
(3) Onuph. Panvin. De triumpho , cap. item de triumpho.

que jufqu'à la premiere phalange du doigt d'un homme ordinaire.

QUOIQU'ON n'ait rien trouvé en démoliſſant l'autre Fig. II. Tour qui ſervoit de priſon, non plus que dans celle qui étoit bâtie dans les mêmes proportions, elles n'en ſont pas moins recommandables par leur architecture, & peut-être par une beaucoup plus haute antiquité que la grande Tour. Si celle-ci a plus d'élégance & de magnificence, les deux autres ſont d'une architecture infiniment plus correcte. L'inſpection des figures en fera juger facilement, & l'opinion que leur antiquité pour- roit remonter jufqu'au tems de Marius, ne me paroît pas deſtituée de toute vraiſemblance. Ces deux Tours étoient ſemblables, & liées par des murs antiques; elles faiſoient partie d'un même tout (1). Voici ce que les Hiſtoriens de Provence ont dit de ces antiquités. Je le rapporte avec d'autant plus de plaiſir, que n'ayant pu les lire qu'après avoir preſque achevé de vous expoſer mes con- jectures, je n'y ai rien trouvé qui puiſſe les contredire: rien n'y détruit ma premiere idée, que les deux Tours jumelles pourroient bien être plus antiques que la grande Tour qui en étoit abſolument ſéparée.

» LE Palais...... dit Chaſteuil de Galaup dans ſa deſ- cription de l'entrée des Princes, Ducs de Bourgogne &

_____

(1) On verra par le paſſage que je vais rapporter, tiré de l'hiſ- toire de la ville d'Aix par Pitton, que ces murs étoient fabriqués de la même façon, & ornés des mêmes *feneſtrages* que les deux Tours.

de Berri dans la ville d'Aix , » eſt l'ouvrage de Caïus
» Marius , qui après avoir triomphé de Jugurtha l'an
» de ſon cinquieme Conſulat , fut choiſi par la Ré-
» publique pour s'oppoſer aux irruptions que les Na-
» tions du nord menaçoient de faire dans l'Italie.

   » CE grand Capitaine prévit bien que les Cimbres &
» les Teutons qui étoient entrés dans les Gaules , ne man-
» queroient pas de tenter de s'ouvrir un paſſage pour
» l'Italie du côté de Provence ; & ce fut à cette oc-
» caſion qu'il y vint avec une armée nombreuſe , &
» qu'il ne crut pouvoir mieux établir ſon quartier que
» dans la nouvelle ville de Sextius , qui n'avoit été
» fondée que depuis dix-ſept ans , & en laquelle il y
» avoit une Colonie & une Garniſon romaines : Et parce
» que l'armée des Barbares erroit depuis quatre an-
» nées dans les Provinces des Gaules & dans celles
» des Eſpagnes , Marius de qui l'armée étoit beau-
» coup inférieure , ne ſongea qu'à fortifier les poſtes
» les plus avantageux de notre Province , d'occuper
» ſes Troupes pendant trois hivers à décorer la ville
» d'Aix , de laquelle on peut dire qu'il fut le ſecond fon-
» dateur : & ce fut alors qu'il fit conſtruire le Palais ,
» & que voyant , que bien que notre Ville eût pris
» le nom des eaux , elle en manquoit toutefois , il
» fit faire ces beaux aqueducs , dans leſquels les eaux
» de Jouques , de Vauvenargues , de St. Antonin &
» de Dannes , étoient conduites pour être portées en
» cette Ville , dont nous voyons encore avec admi-
» ration les débris ; & il l'auroit rendue une des plus

» belles de l'Europe , fi la victoire qu'il remporta à
» nos portes fur tant de Peuples barbares , fi le fe-
» cours qu'il fut obligé d'aller donner à Catulus fon
» collegue auprès du fleuve *Athefis* , & fi fes malheurs
» ne l'avoient empêché d'achever ce qu'il avoit fi heu-
» reufement commencé.

» CE Palais fubfifta jufqu'à ce que les Agarréens ou
» les Maures d'Afrique , après avoir fubjugué les Ef-
» pagnes , entrerent dans les Provinces des Gaules &
» dans la Provence , laquelle après avoir ravagée , ils
» faccagerent & brûlerent la ville d'Aix , l'an fept cent
» trente-un , & il ne refta de ce magnifique édifice QUE
» LES TROIS TOURS , que nous y voyons encore , &
» qui donnerent lieu à nos Princes Catalans de le ré-
» tablir , à ceux de la premiere Maifon d'Anjou de
» l'augmenter , aux Princes de la feconde race d'An-
» jou de l'achever, & aux Rois de France qui leur ont
» fuccédé d'y renfermer toutes les Jurifdictions.

LES détails que j'ai trouvés dans Pitton font parfaitement conformes à ceux que m'ont donnés les Artif-
tes (1) qui ont fuivi les travaux de la démolition. Permettez que je les tranfcrive ici prefque en entier :

» LA premiere qui fe préfente à nos yeux , & que
» le peuple appelle vulgairement la Tour de l'horloge ,

---

(1) M. Brunet l'un des Entrepreneurs, excellent Mathématicien , &
les MM. Gregoire , dont le cadet a deffiné les Tours avec toute la
précifion & tout l'art poffibles.

» eſt un mauſolée : C'étoit le ſentiment du Conſeiller
» de Peyreſc , le plus ſavant pour les antiquités de toute
» l'Europe; & à parler juſte , ſi l'on fait réflexion , que
» preſque tous les ſépulchres des Rois d'Egypte étoient
» maſſifs & de forme quarrée , & que celui de l'Em-
» pereur Adrian , duquel on voit les reſtes dans la ville
» de Rome , a la même figure (que le nôtre) , l'on dira
» avec moi que cette prodigieuſe maſſe de pierre , qui
» dans nos jours ſoutient une des horloges de notre Ville,
» eſt un véritable mauſolée.

IL eſt remarquable que par ſimple conjecture on ait
approché ſi fort de la vérité. La reſſemblance de deux
monumens faits du tems d'Adrien , avoit déja frappé
des Antiquaires qui n'avoient ſûrement pas vu la médaille d'Ælius Verus. Nous verrons plus bas un autre
jugement dont la juſteſſe ne ſera point détruite par les
nouvelles découvertes ; mais continuons : » Puiſqu'elle
» eſt carrée dans ſa baſe & toute maſſive juſques au bout,
» ſur lequel on avoit rangé pluſieurs piliers de grenitte ,
» pierre très-dure & très-belle , & la plus riche après
» le porphyre, pour ſoutenir un dôme. Ces piliers ont
» été unis par une muraille depuis que la foudre en
» abattit deux..... La baſe de cet édifice eſt carrée, faite
» de gros cartiers de pierre que nous appellons *Fre-*
» *jaux......* Ces pierres ſont taillées à la ruſtique , ajuſtées
» ſeulement en leurs aſſemblages , le champ de chaque
» pierre étant relevé en boſſe , en forme de beſeau de
» table de diamant.

» SUR cette baſe on voit naître le mauſolée , d'une

Voyez au P. S.

» pierre moins dure & propre à toute forte de fculp-
» ture , de figure carrée , ayant pour ornement une
» fort grande cornice , laquelle fort bien avant en
» dehors....... Sur cette grande bafe commençoit l'ordre
» des pilaftres ou demi colomnes quafi corinthiennes en-
» taillées dans la pierre de taille , l'efpace d'entre les
» deux pilaftres étant relevé en boffe , avec la faillie en
» dehors auffi épaiffe que le corps defdits pilaftres , en-
» forte que cela fait paroître que l'on eût voulu faire
» fur cette bafe carrée une Tour , non parfaitement
» ronde , mais plutôt en figure de rofe ; & il y a grande
» apparence que cette pierre furabondante eût été épar-
» gnée pour fervir de matiere aux hiftoires ou figu-
» res de bas relief que l'on avoit deffein de graver
» fur le champ , comme font celles de l'Arc d'Orange.....
» Tout le bas de ladite Tour eft entierement maffif, tant
» en la partie quarrée , qu'en celle du premier ordre
» qui va en arrondiffant , & jufques au-deffus des demi
» pilaftres , auquel endroit commence à paroître un
» noyau tout rond , autour duquel étoit la galerie ou-
» verte foutenue par les colomnes....... On a depuis , par
» fucceffion de tems , bâti un mur d'une colomne à l'au-
» tre pour conferver le deffus , & aider à porter la voûte
» qui a été faite pour porter la terraffe......

» LA Tour du tréfor montre être d'une architecture
» beaucoup meilleure & mieux proportionnée que celle
» de l'horloge , & il en paroît encore trois étages......
» L'ordre de l'architecture n'a aucune correfpondance
» avec la Tour de l'horloge , n'y ayant aucune frife ni

» mouleure qui réponde au niveau de celles de ladité
» Tour de l'horloge , non plus qu'à l'ordre & forme
» de l'architecture ; de forte qu'il n'y refte aucune ap-
» parence qu'il y ait eu de liaifon entre les deux fa-
» briques , ce qui confirme d'autant plus l'advis que la
» Tour de l'horloge fût détachée entierement d'avec
» les autres comme un maufolée ; comme au contraire
» les autres deux , du tréfor, & du chaperon , montrent
» d'avoir été attachées enfemble par ledit mur en demi
» rond, qui eft percé de feneftrages pareils à ceux de la
» Tour du tréfor & à même niveau.

    » La Tour du chaperon. eft bien de pareille ftructure
» & architecture que celle du tréfor..,...... Tant y a que
» l'une & l'autre eft d'une architecture , laquelle tient
» un peu du dorique, avec des pilaftres carrés qui
» femblent d'un meilleur fiecle que celle de l'horloge ,
» & par conféquent plus moderne vraifemblablement ,
» y ayant apparence que celle de l'horloge foit des pre-
» miers fiecles de la Colonie romaine , & que les au-
» tres deux foient des meilleurs fiecles fuivants.

    QUE les deux Tours fuffent d'une architecture plus
réguliere que la grande Tour ou maufolée , c'eft ce que
j'avois jugé avant de connoître le fentiment de Pitton ;
& dans la fuppofition que le maufolée fût des premiers
tems de la Colonie, c'eft raifonner jufte que d'attribuer
la conftruction des deux autres Tours aux fiecles fui-
vans comme plus éclairés dans les beaux Arts ; mais le
maufolée eft évidemment du tems d'Adrien ; & il eft
de toute certitude que depuis cet Empereur l'Architecture ,

ture , ainſi que tous les autres Arts , eſt allée en dé-
clinant ; il eſt donc raiſonnable de remonter juſqu'à
Auguſte , Jules-Céſar , peut-être même juſqu'à Marius
pour trouver la véritable époque des deux Tours qui
ſont un monument plus régulier , quoique moins élé-
gant que la Tour de l'horloge (1).

QUELQUE nouvelle découverte pourra fixer nos dou-
tes à cet égard , comme à bien d'autres , & nous éclai-
rer davantage. En attendant je remettrai ſous vos yeux
la petite ſtatue , parfaitement conſervée , de Néron enfant , vêtu de la toge prétexte & décoré de la *bulla* ;   Fig. X.
vous vous rappellerez ſûrement avec plaiſir que nous

(1) Si ce Mauſolée avoit , dans ſon irrégularité , le caractere de
rudeſſe des premiers tems de l'Art , & ne portoit pas au contraire celui de l'altération & non de l'ignorance des regles , je conviendrois
avec pluſieurs de nos bons Patriotes , qu'il eſt du tems de la fonda-
tion de la Colonie ; mais il offre une reſſemblance frappante avec les
Monumens du tems d'Adrien , non ſeulement par ſa maſſe & par ſes
détails , mais encore par les Urnes qu'il renfermoit. Elles portent des
ornemens du même genre que ceux qu'un Architecte célebre de mes
amis a obſervés ſur des Urnes & ſur des Colonnes trouvées à la *villa
Adriana*. Les formes trop allongées de notre Tour , ont cependant de
l'élégance , & un œil exercé doit voir que l'Artiſte qui l'a élevée , n'é-
toit pas ſur la route qui conduit au beau , il étoit déja au-delà ; au
lieu que l'Architecture des deux autres Tours eſt correcte & ſans
prétention. Elles n'étoient pas d'une conſtruction auſſi ſolide : J'en
conviens ; mais les Romains n'ont pas toujours employé les matieres
les plus dures ni la meilleure conſtruction , & notamment dans les
tems de la République.

D

l'avons beaucoup confidérée enfemble à Rome dans les
falles de la *Villa Borghefe* ; j'y joindrai une autre ftatue
Fig. XI. mutilée repréfentant un enfant beaucoup plus jeune, appuyé fur les genoux de fa mere (1), pareillement décoré
de la *bulla.* Vous remarquerez qu'il n'y a aucune différence apparente entre la *toga prætexta* que portent
Fig. XII. ces deux enfans, & la *toga pura* dont les hommes font
ordinairement vêtus dans leurs ftatues. Les Sculpteurs
anciens, furtout ceux des beaux fiecles, qui ne mar-
quoient la prunelle des yeux par aucune ligne obf-
cure, n'exprimoient pas non plus les différences des
couleurs par des marques, à caufe qu'il n'y a dans ces
objets aucun relief apparent ; & c'eft ce qui a occa-
fionné tant de fentimens divers & fur la prétexte & fur
le laticlave.

Je fuis avec l'attachement le plus fincere & le plus
refpeftueux,

Monsieur et très-cher Ami,

Votre très-humble & très-
obéiffant ferviteur.
GIBELIN.

(1) Cette ftatue eft à Rome dans la galerie du Capitole.

POST-SCRIPTUM.

Pendant le féjour que je viens de faire à Aix , j'ai eu entre les mains les objets trouvés dans la *pile* avec l'urne de porphire. Je les ai mefurés & deffinés exactement. Le poids de la *bulla* eft de trois gros & dix-fept grains.

Je dois rectifier une petite erreur. En faifant précédemment l'énumération de ces objets j'ai dit *une médaille d'argent prefque entiérement effacée* : Je l'ai examinée , c'eft une médaille de Trajan , comme l'a très-bien remarqué le favant & refpectable Antiquaire , dont on a cité les obfervations dans la gazette de France du 4 Mai 1787.

Les dernieres découvertes dont j'ai été témoin , occafionées par les fouilles qu'on a faites entre les deux Tours , ajoutent quelques lumieres à celles que nous avions déja fur leur ancienne deftination , & confirment nos conjectures fur la Tour de l'horloge.

Elles me paroiffent indiquer d'une maniere affez évidente , que dans cet endroit étoit la porte principale de la Ville fondée & fortifiée par Sextius-Calvinus.

On a trouvé un maffif très-confidérable établi fur le roc: Il étoit compofé , en deffous , de maçonnerie à chaux & fable , en deffus , de trois , quatre & jufqu'à cinq rangs de larges pierres dites de *fréjaux* , pofées les unes fur les autres , fuivant l'inégalité des rochers , jufqu'au niveau du fol : Il occupoit prefque tout l'efpace entre les deux Tours.

Soit que ce maffif portât des colonnes , ou tel autre édifice , il étoit à-coup-fûr traverfé par un grand chemin

Fig. V.

D ij

des plus folides & des plus beaux qu'ayent jamais faits les
Romains. Ce chemin paffoit par le milieu du maffif ; les
ornieres profondes qui le fillonnoient dans toute fa longueur
prouvent qu'il étoit fréquenté par une grande quantité de
voitures qui les ont creufées ; & il me paroît hors de toute
vraifemblance que , s'il fût parti du point des Tours ou qu'il
y eût fini , il eût été fi uniformément dégradé , fans aucune
indication des mouvemens & des retours néceffaires aux voitures qui arrivent ou qui partent. Par-tout les ornieres
filent tout droit , donc le chemin devoit paffer outre.

Ce chemin n'étoit pas compofé de pierres irrégulieres
comme presque tous ceux qu'on connoît des Romains ;
elles étoient oblongues & coupées quarrément , d'environ
deux pieds de large & autant d'épaiffeur , fur différentes
longueurs. Trois de ces pierres pofées en travers formoient
toute la largeur du chemin , qui étoit de dix-huit pieds ;
une feule de chaque côté formoit un trottoir de quatre
pieds neuf pouces. La pierre du milieu qui étoit la plus
longue couvroit un aqueduc continué fous le grand chemin.
Les ornieres creufées par les roues des voitures , indi-
quent la largeur des effieux ; en mefurant celles qui m'ont
paru fe correfpondre , j'ai trouvé conftamment quatre
pieds & demi d'intervalle entre elles (1).

Cette découverte feule fuffiroit pour prouver qu'il a

_____

(1) Voyez la figure XIV. Elle préfente le plan des deux Tours, du mur
qui les uniffoit , du maffif qui étoit au milieu & du grand chemin qui
le traverfoit.

La figure XIII. donne les mefures & les profils de la Tour de l'horloge
ou du tombeau.

exifté une porte entre les deux Tours au milieu du mur en demi-cercle (1) qui les unifloit ; mais la fituation de la Tour de l'horloge vient encore à l'appui de notre opinion.

Les Romains ne plaçoient leurs tombeaux que hors de l'enceinte des Villes ; il étoit même défendu d'enfevelir ou de brûler aucun corps mort dans la Ville ; & c'étoit fur-tout auprès des portes , aux bords des grands chemins , qu'ils aimoient à étaler la magnificence de leurs fépultures. Tous ceux qui, au fortir de Rome , ont parcouru les *via appia* , *via flaminia* , &c. &c. en doivent être bien convaincus. Au premier coup-d'œil , en voyant l'alignement du tombeau , ils concluront que le grand chemin paffoit tout auprès , & qu'il n'a pu y parvenir qu'à travers le mur en demi-cercle & par le moyen d'une porte.

Dans les fiecles poftérieurs , de nouvelles fabriques bâties par les différens Souverains de la Province , ont fait changer de face à tout ce local ; les Villes ou Bourgs féparés fe font unis ; les Tours élevées pour munir la porte principale de la ville de Sextius ont été transformées en Palais de nos Comtes ; on a tout défiguré par des bâtiffes gothiques , & la fépulture des patriciens romains eft devenue une horloge ou plutôt un clocher.

A ce cahos très-difficile à débrouiller , les Hiftoriens ont ajouté de fauffes citations ou des indications trompeufes. *H. Bouche* nous dit » qu'il fut trouvé un fort

_____

(1) Il eft à remarquer qu'on n'a trouvé aucune trace de mur dans le milieu du demi-cercle.

» grand fragment d'une très-grande pierre qui contenoit
» tout ce qui eſt marqué dans l'inſcription ſuivante :
» fragment enchaſſé dans la muraille de la grande Tour
» du Palais l'an 1645 , lorſque le Comte d'Alais , Gou-
» verneur & Lieutenant de Roi en cette Province , y
» fit percer les murailles pour y faire des cabinets.

C'eſt ainſi que *Bouche* induit en erreur les Antiquaires ;
car ils doivent conclure que cette inſcription enchaſſée dans
le mur d'un tombeau , manifeſte néceſſairement les noms de
ceux qui y furent enſevelis.

Mais dans le tombeau il n'y avoit aucune conſtruction
nouvelle , il eſt même prouvé que l'inſcription fut trouvée
dans la Tour du tréſor , puiſqu'il y avoit réellement les
nouvelles fabriques attribuées au Comte d'Alais.

Pitton, plus d'accord avec la vérité, rapporte que » le
» Comte d'Angoulême , Gouverneur de la Provence ,
» voulut faire accommoder une chambre dans le Palais ,
» qui lui pût ſervir de bibliotheque; il n'en trouva point
» de plus propre ni de plus commode que celle qui eſt ſur
» le milieu de cette belle & ancienne Tour qui regarde le
» couchant (1) ; il la fit donques percer pour y faire une
» fenêtre en l'année 1645 : on trouva dans l'épaiſſeur
» de la muraille une très-belle pierre qui reſſemble à
» du marbre gris, ſur laquelle on peut lire les lettres
» que j'ai rapportées «....

_____

(1) La Tour de l'horloge ou du tombeau étoit au levant de celle-ci.

Les voici par Pitton :

...NERONI LATICLAVIO.
.......O N I Æ.

...IL LEG. VII. GEM. FEL.
... VIRO PATRONO COL...

'...IL LEG. VII. AVG.
... NO COLONIÆ.

Les voici par Bouche :

...ERO LATICLAVIO.
.......O N I Æ.
... II. LEG. VII. GEM. FEL.
... VIRO PATRONO COL.
... II. LEG. VIII. AVG.
...NO COLONIÆ.

Ce monument dédié aux protecteurs de la Colonie, se trouvoit placé convenablement à l'entrée de la Ville bâtie par le Fondateur de la Colonie.

Le vaste emplacement occupé par le massif de larges & épaisses pierres de *fréjaux*, formoit une enceinte telle qu'on peut en observer d'à-peu-près semblables aux portes des Villes antiques, & principalement aux portes de Pompeia. C'est-là que les Citoyens venoient quelquefois se rassembler.

En suivant la découverte du superbe chemin qui le traversoit, on a été guidé en droite ligne vers les restes des murs antiques, encore existans, qu'on peut voir auprès d'une des portes de l'Eglise de St. Sauveur. Nos Historiens fondés sur une inscription & sur quelques autres monumens de forme colossale, regardent ces murs comme faisant partie d'un temple autrefois dédié au Soleil. Cette inscription, ainsi que la précédente, est rapportée avec quelques différences.

Voici celle d'Honoré Bouche :

» Sur un fragment de ces
» pierres on voyoit ces très-
» grandes lettres d'un pan &   ...A SOL...
» demi de longueur
  » Sur un autre ces lettres
» d'un pan de longueur   ...VS. AQ...
  » Sur un autre d'une plus
» petite longueur   ...AVG. C...
  » Sur un autre encore de
» plus petite longueur.   ...IN PRET...
  » Et en celui-ci, ces lettres
» de la plus petite longueur   ...BVS. QVI INCOL...

Pitton nous l'a tranfmife ainfi :

SOL... VS... AQ...
C... AVG...
ET PREF...
...QVI INCOLVNT

Il ne donne que douze pouces de hauteur aux trois premieres lettres, mais il préfume par leur grandeur que la
table qui contenoit l'infcription étoit élevée de terre à plus
de fix toifes.

D'après ces autorités, s'il m'étoit permis de tirer quelques conjectures, je pencherois à croire que la table

portant

portant l'infcription faifoit partie du piedeftal de la ftatue coloffale d'Apollon , dont le tronc & la cuiffe furent trouvés dans une fouille faite en mille cinq cents foixante-quatre dans l'Eglife de St. Sauveur , & dont la proportion calculée par *Rambot , un des plus galans Sculpteurs & Architectes à qui notre Ville ait donné naiffance ,* fuivant le même Pitton , indiquoit un coloffe de vingt-quatre pieds (1).

Quoi qu'il en foit , fans prétendre difcuter laquelle des deux infcriptions rapportées eft la plus jufte , je m'attacherai aux lettres C. AVG. expliquées par COLONIA AUGUSTA , pour étayer une opinion que je propofe feulement comme très-vraifemblable.

On a vu les deux Tours de St. Mitre & du tréfor ornées de fenêtres arrondies par le haut ; ce font les *feneftrages* déja cités ; de pareilles fenêtres décoroient le mur en demi-cercle qui lioit ces deux Tours. Qu'on examine à préfent la muraille antique attenante à la façade principale de l'Eglife de St. Sauveur , & l'on trouvera précifément de grandes pierres taillées de la même façon , & des *feneftrages* ou fenêtres tout-à-fait femblables à celles de nos Tours.

---

(1) J'ai cherché vainement ces antiquités , mais j'ai trouvé dans le petit portique , dit *des chapiteaux* , à St. Sauveur , un fragment de jambe coloffale en marbre blanc , & j'ai jugé par fa forme élégante qu'elle a fait partie de la ftatue d'Apollon dont il eft queftion.

Ces monumens de pareille conſtruction , qui paroiſſent avoir été joints par ce beau chemin , tiré en
droite ligne du milieu du mur en demi-cercle, doivent être
conſidérés comme élevés dans le même tems ; & nous pou-
vons avec beaucoup de fondement les attribuer aux bien-
faits d'Auguſte , lorſqu'il donna ſon nom à la Colonie.

Je remets à reprendre mes conjectures dans un Ouvrage
plus conſidérable où je traiterai de toutes les antiquités
de la ville d'Aix.

Fig.I.

Fig. II

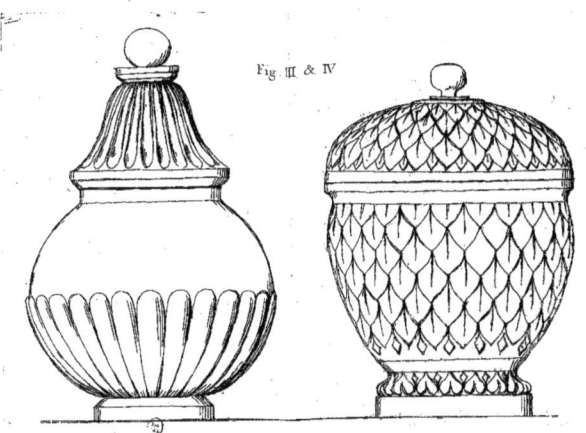

Fig. III & IV

Fig. V.

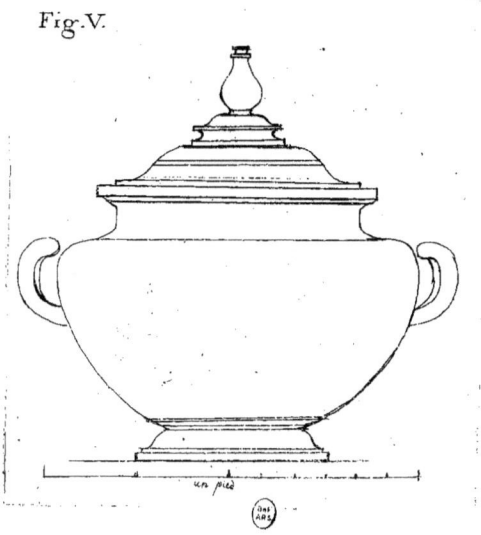

un pied

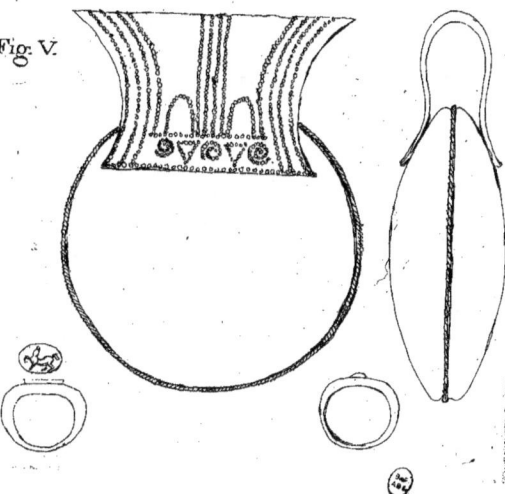

Fig: V.

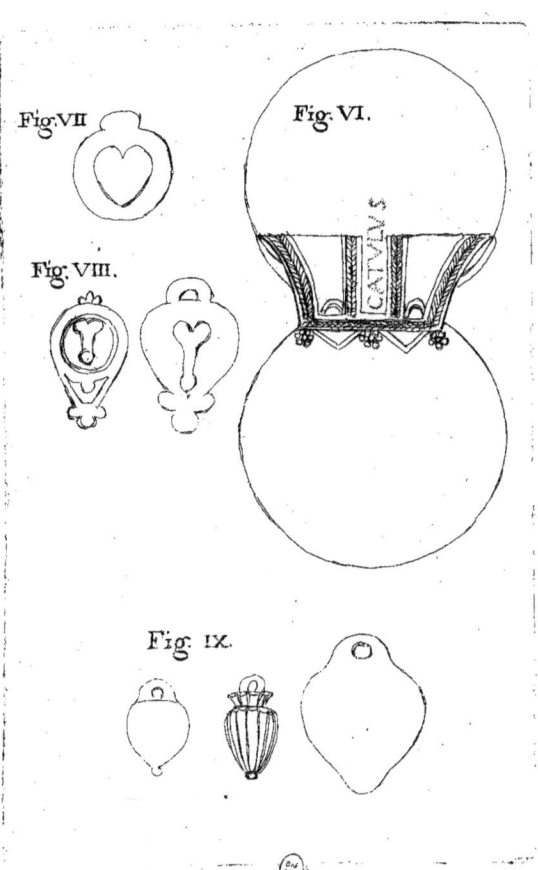

Fig. VII.

Fig. VIII.

Fig. VI.

CATVLVS

Fig. IX.

Fig. X

Fig. XI

Fig. XII.

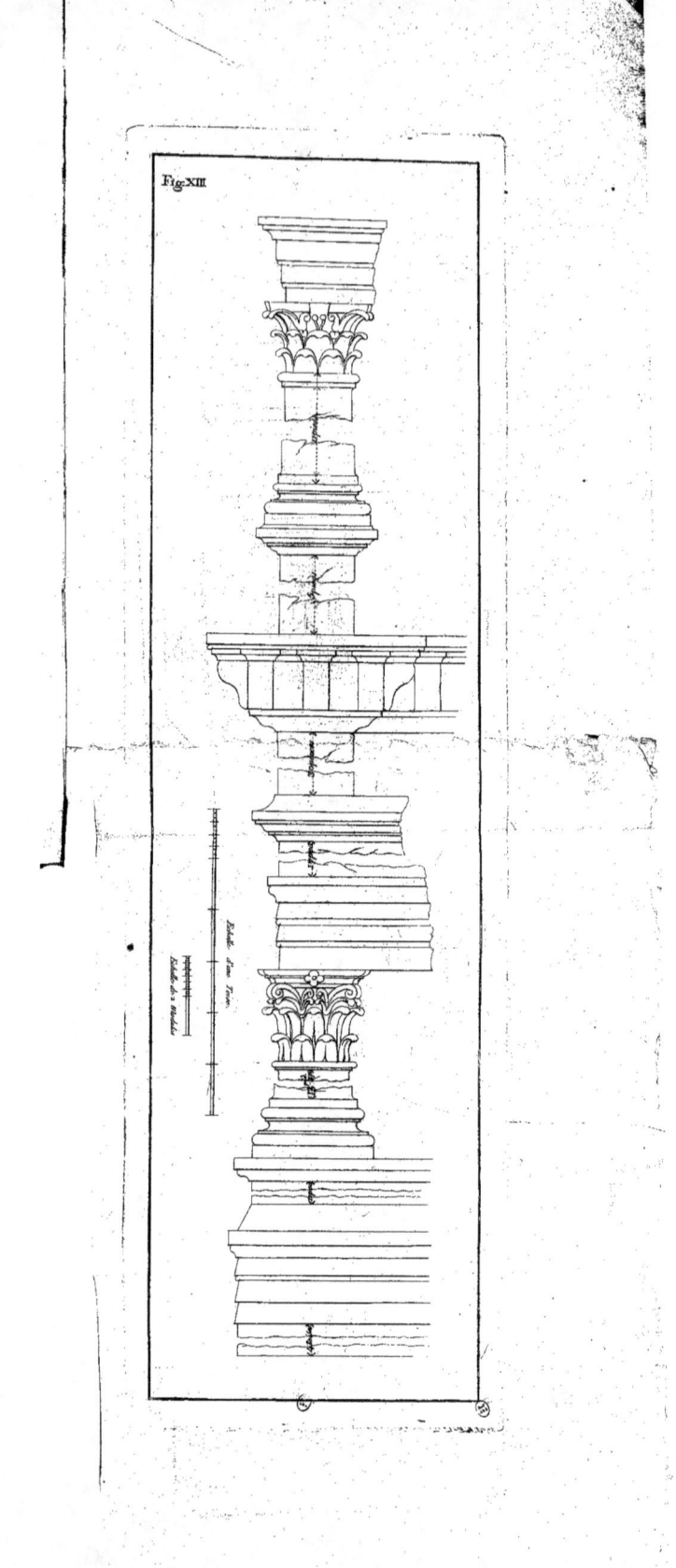

Fig. XIII

Fig XIV

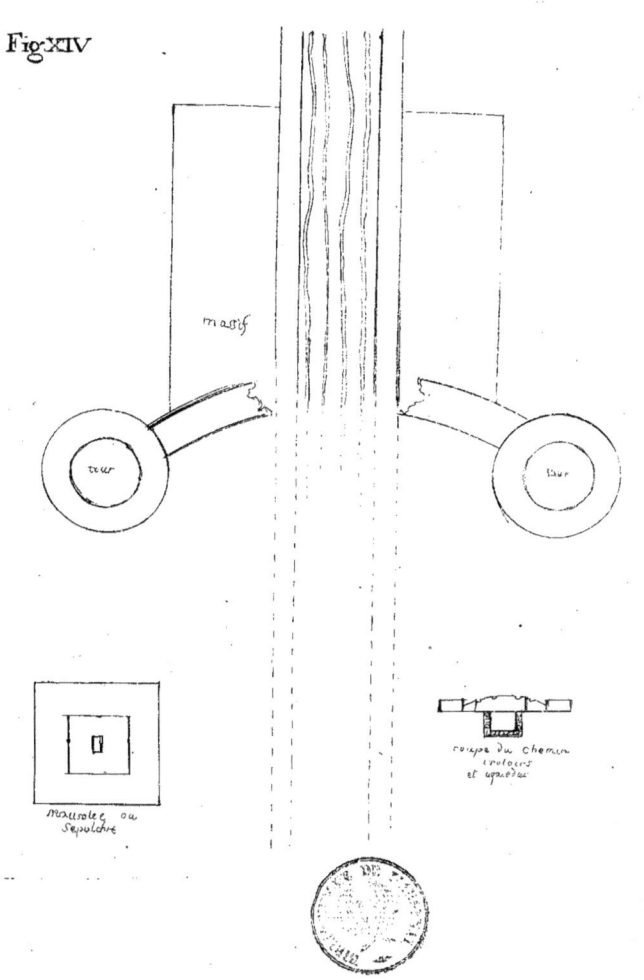

massif

tour   tour

Mausolée ou
Sepulchre

coupe du Chemin
trottoirs
et aqueduc

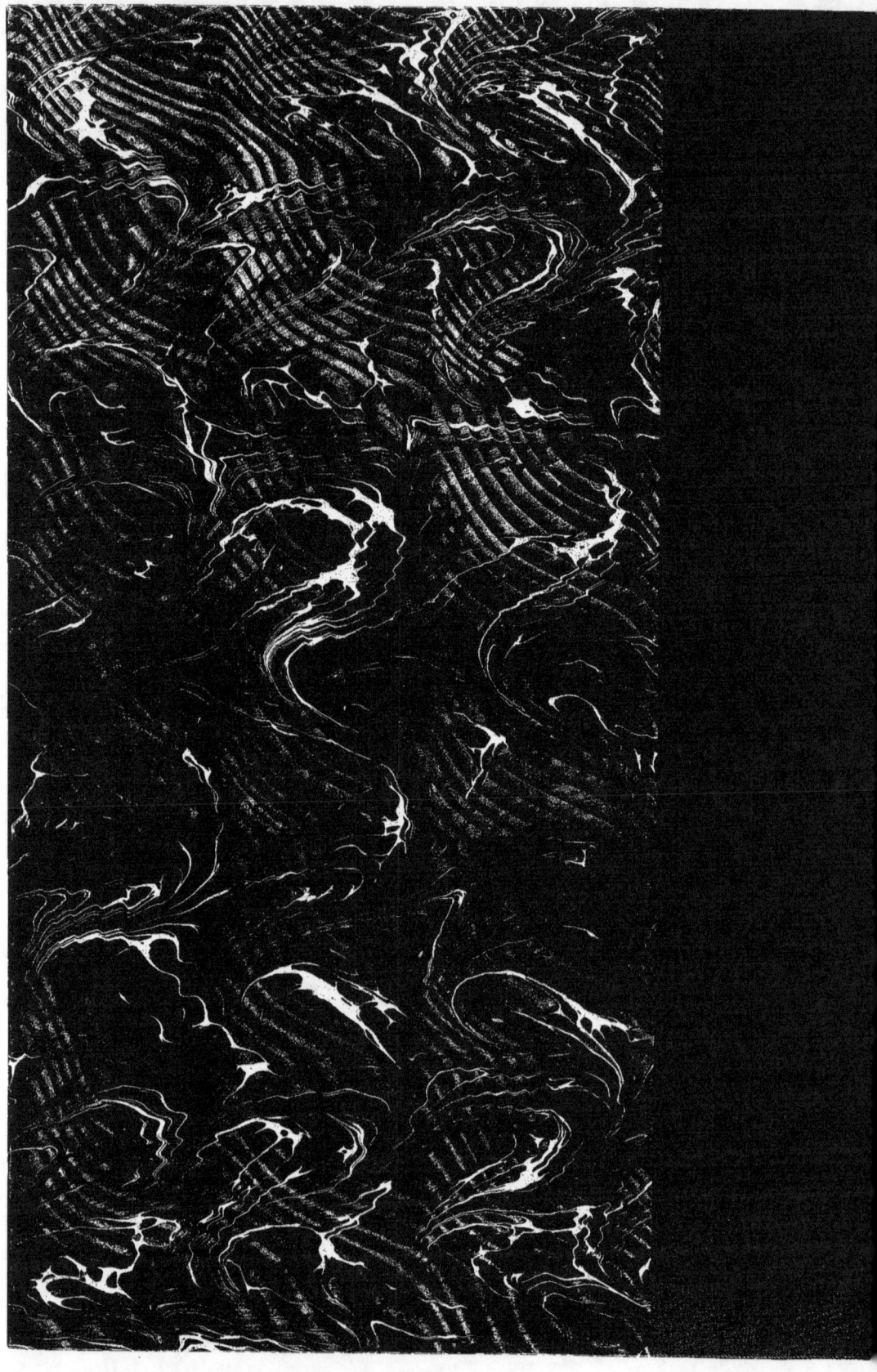

www.ingramcontent.com/pod-product-compliance
Lightning Source LLC
Chambersburg PA
CBHW071249210626

46818CB00013B/623